Dear friends,

A thousand thanks for choosing our bilingual children's book. We are thrilled that you are part of this educational and enjoyable adventure!

We hope the book brings moments of laughter, learning, and discovery for young readers. The idea of fostering a love for reading and learning new languages fills us with joy.

We would love to hear your thoughts on the story, characters, and the overall experience. Your opinion is invaluable to us and to other parents considering this book for their children. Could you take a moment to leave us a review at the following link?

Your feedback helps us improve and continue creating content that inspires and educates. We appreciate your support and hope you enjoy the book as much as we enjoyed creating it!

If you loved this story, we invite you to explore more thrilling and educational titles on our author page.

Discover a world of possibilities for language learning and fun on every page.

Visit the following link to explore our complete collection of bilingual children's books. From captivating tales to entertaining activity books, we are committed to providing enriching experiences that will inspire young readers.

Thank you again for being part of our community. We hope you find more wonderful stories that enrich the love for reading and languages!

Thank you for joining us on this exciting bilingual adventure!

With gratitude,
Bluecastle Publishing.

THE SOLVERS RIDDLES CLUB.
Chapter 1.

Bluecastle

Dedicated to Martin Trujillo
the first member of the
Solves Riddles Club.

Dedicado a Martín Trujillo,
el primer miembro del
Solves Riddles Club.

THE SOLVERS RIDDLES CLUB.
Chapter 1.

The Beggining.
El Inicio.

1. The Treasure Map Case.
   El Caso del Mapa del Tesoro.

2. The Haunted House on Mapple Street.
   La Espeluznante Residencia en la Calle Mapple.

3. The Mystery of the Stolen Painting.
   El Misterio de la Pintura Robada.

4. The Secret of the Locked Room.
   El Secreto de la Habitación Cerrada.

5. The Phantom of the School Play.
   El Fantasma de la Obra de Teatro Escolar.

6. The Puzzle of the Lost Key.
   El Rompecabezas de la Llave Pérdida.

7. The Myth of the Haunted Woods.
   El Mito de los Bosques Embrujados.

The Beginning.
El inicio.

In the small town of Oakwood, a group of friends consisting of Sarah, a bright and curious girl with a talent for deciphering codes; Martín, a natural explorer with a taste for the unknown; Lily, a master of observation with a keen eye for details; and Max, a tech genius who could solve any digital puzzle; gradually discovered their shared interest in solving riddles and their passion for mystery.

En el pequeño pueblo de Oakwood, un grupo de amigos conformado por Sarah, una chica brillante y curiosa con talento para descifrar códigos; Martín, un explorador nato con un gusto por lo desconocido; Lily, una maestra de la observación con gran ojo para los detalles; y Max, un genio experto en tecnología que podía resolver cualquier enigma digital; descubrieron poco a poco este gusto en común por resolver acertijos y su pasión por el misterio.

One day while exploring the city, they ended up in an old, deserted structure on the outskirts of Oakwood Forest, where they had their first encounter with mystery. Rumors said the factory was haunted. Gathering their courage and leaving behind their fear, they entered the premises.

Un día que estaban explorando la ciudad, terminaron en una estructura antigua y desierta en las afueras de Oakwood Forest, allí tuvieron su primer encuentro con el misterio. Se decía que la fábrica estaba embrujada. Ellos reunieron fuerzas y dejando atrás el miedo entraron en las instalaciones.

As they sat in a circle, Sarah pulled out a small, intricately designed box with mysterious symbols; she had found the box in a hollow tree near her house; one day returning from school, she noticed a glow inside the tree, spotted the box, and carefully retrieved it.

Mientras se sentaban en círculo; Sarah, sacó una pequeña caja, intrincadamente diseñada con símbolos misteriosos; ella había encontrado la caja en un árbol hueco que estaba cerca de su casa; un día que regresaba del colegio, vio un brillo dentro del árbol, notó la caja y con mucho cuidado la sacó.

Inside the box were a series of riddles, each more challenging than the last. They began solving these riddles and uncovering the secrets they held.

Dentro de la caja había una serie de acertijos, cada uno más desafiante que el anterior. Comenzaron a resolver estos acertijos y a descubrir los secretos que contenían.

They delved into the riddles, working together to decipher the hidden messages and clues. Each member brought their unique skills, collaborating and exchanging ideas. It was a true display of teamwork and camaraderie.

Profundizaron en los acertijos, trabajando juntos para descifrar los mensajes y pistas ocultas. Cada miembro aportó sus habilidades únicas, colaborando e intercambiando ideas entre sí. Fue una verdadera muestra de trabajo en equipo y compañerismo.

The riddles led them on an exciting adventure through the city. They followed cryptic clues to hidden places, solved puzzles that tested their wit, and unraveled secrets that had been buried for a long time.

Los acertijos los llevaron a una emocionante aventura por la ciudad. Siguieron pistas crípticas que los llevaron a lugares ocultos, resolvieron acertijos que pusieron a prueba su ingenio y desentrañaron secretos que habían estado enterrados durante mucho tiempo.

Along the way, they encountered strange events and eerie encounters. They discovered hidden chambers, deciphered ancient manuscripts, and unearthed a long-forgotten treasure. Each solved riddle brought them closer to unraveling the mysteries of their city.

En el camino, se encontraron con sucesos extraños y encuentros espeluznantes. Descubrieron cámaras ocultas, descifraron manuscritos antiguos y encontraron un tesoro olvidado desde hacía mucho tiempo. Cada acertijo resuelto los acercaba más a desentrañar los misterios de su ciudad.

Word of their exploits spread, and soon people sought their help to solve riddles, discover hidden stories, and unravel the inexplicable.

Se corrió la voz de sus hazañas y pronto las personas buscaron su ayuda para resolver acertijos, descubrir historias ocultas y desentrañar lo inexplicable.

Due to the group's popularity, younger enthusiasts soon joined their ranks. As they investigated the secrets of their community and beyond.

Debido a la popularidad del grupo, pronto se unieron a sus filas más jóvenes entusiastas. Mientras investigaban los secretos de su comunidad y más allá.

The Solvers Riddles Club had begun as a small group of friends with a shared love for riddles and the supernatural. They didn't know that their journey had just begun; that they would soon face even greater challenges and discover secrets that would test their courage and intellect.

The Solvers Riddles Club había comenzado como un pequeño grupo de amigos con un amor compartido por los acertijos y lo sobrenatural. No sabían que su viaje acababa de comenzar; que pronto enfrentarían desafíos aún mayores y descubrirían secretos que pondrían a prueba su coraje e intelecto.

They made a deal to continue their quest for knowledge and adventure as the sun set, agreeing to support each other and enjoy the thrill of the unknown.

Hicieron un trato para continuar su búsqueda de conocimiento y aventura mientras el sol se ponía, acordaron apoyarse mutuamente y disfrutar la emoción de lo desconocido.

The Solvers Riddles Club set out to solve the riddles that awaited them. They were prepared to face whatever lay ahead; their journey had only just begun.

The Solvers Riddles Club se puso en marcha para resolver los acertijos que les aguardaban. Estaban preparados para enfrentarse a lo que les esperaba; su viaje apenas había comenzado.

And finally, they all said,
"This riddle has been solved".

Y finalmente todos dijeron,
"Este acertijo ha sido resuelto".

And thus began The Solvers Riddles Club.

Y así comenzó The Solvers Riddles Club.

The Treasure Map Case.
El Caso del Mapa del Tesoro.

A group of children from The Solvers Riddles Club in a small coastal community were playing on the beach when they noticed a particular gleam in the sand from afar. Upon digging it up, they discovered it was a bottle, seemingly very old but tightly sealed to keep water out. Inside, there was a scroll, perhaps older than the bottle itself.

Un grupo de niños del The Solvers Riddles Club en una pequeña comunidad costera estaba jugando en la playa cuando vieron a lo lejos un brillo particular saliendo de la arena. Al desenterrarlo, se dieron cuenta de que era una botella, aparentemente muy antigua pero sellada herméticamente para que no entrara agua. Dentro, había un pergamino, tal vez más antiguo que la propia botella.

Carefully uncorking it, they discovered a map. It seemed to be the old map to a long-forgotten pirate treasure.

Al destaparla con cuidado, descubrieron un mapa. Parecía ser el antiguo mapa de un tesoro pirata olvidado desde hacía mucho tiempo.

On the map, something caught their attention - the renowned Cape Skull, located on the nearby coast. The children decided to embark on the adventure of searching for the treasure.

En el mapa, algo llamó su atención: el reconocido Cabo Calavera, que estaba ubicado en la costa cercana. Los niños decidieron embarcarse en la aventura de buscar el tesoro.

There were numerous clues and riddles to solve on the treasure map, making it quite enigmatic. The children cooperated to interpret the clues and follow the map's instructions. They searched everywhere, digging in the sand, climbing cliffs, and discovering secret coves.

Había numerosas pistas y acertijos por resolver en el mapa del tesoro, lo que lo hacía bastante enigmático. Los niños cooperaron para interpretar las pistas y seguir las instrucciones del mapa. Buscaron por todas partes, excavando en la arena, escalando acantilados y descubriendo ensenadas secretas.

During their journey, they encountered a group of fishermen walking along the shore, who warned them about the dangers of the area. They spoke of a crew of pirates who once roamed the seas, raiding coastal villages. Legend has it that the pirates hid their loot somewhere along the coast before being sunk.

En su travesía, se encontraron con un grupo de pescadores que caminaban por la orilla y les advirtieron sobre los peligros de la zona. Les hablaron de una tripulación de piratas que antiguamente merodeaban los mares y saqueaban los pueblos costeros. Cuentan las historias que los piratas escondieron su botín en algún lugar de la costa antes de ser hundidos.

The children were determined to find the treasure, knowing they had to take precautions. As seen on the map, they continued to advance, but always alert to possible threats, such as pirates or other dangers.

Los niños estaban decididos a encontrar el tesoro, sabiendo que debían tomar precauciones. Como se veía en el mapa, seguían avanzando, pero siempre atentos a posibles amenazas, como piratas u otros peligros.

Apparently, an enigmatic figure was following them. Was he also searching for the treasure?

Al parecer, una figura enigmática los seguía. ¿Él también estaba buscando el tesoro?

At night, the enigmatic figure began to approach them while they were huddled around the campfire; the children were very scared. Would he want to harm them? Charles, the eldest, took a stick and hid in some bushes, ready to protect his companions if necessary.

En la noche, la figura enigmática comenzó a acercarse a ellos mientras estaban acurrucados alrededor de la fogata; los niños estaban muy asustados. ¿Querría hacerles daño? Charles, el mayor, tomó un palo y se escondió en unos arbustos, listo para proteger a sus compañeros en caso de ser necesario.

The figure raised his hands, taking off his hat, and introduced himself as a historian named William Torne. He had spent years searching for the treasure; he was a descendant of Ronie "Pegleg" Torne, the captain who had hidden the treasure.

La figura levantó las manos, quitándose el sombrero, y se presentó como un historiador llamado William Torne. Había pasado años buscando el tesoro; era descendiente de Ronie "Pata de palo" Torne, el capitán que había escondido el tesoro.

He had managed to obtain a partial map from his great-great-great-grandfather's archives, but something was missing to unravel the mysteries of the treasure.

Había logrado obtener un mapa parcial de los archivos de su tataratatarabuelo, pero hacía falta algo para desentrañar los misterios del tesoro.

Charles came out of hiding and, still holding the stick, asked William how they could know he was telling the truth. William turned around, knelt down, and showed them his nape, which had a birthmark in the shape of a dragon - the same symbol in one corner of the children's map. William explained that it was the Torne family's mark.

Charles salió de su escondite, y aún con el palo en la mano, le preguntó a William cómo podían saber que decía la verdad. William se dio la vuelta, se arrodilló y les mostró su nuca, que tenía una marca de nacimiento en forma de dragón, el mismo símbolo que había en una esquina del mapa de los niños. William explicó que era la marca de los Torne.

William told them that in Ronie's time, he was considered a wicked pirate who terrorized the coast. But within the treasure would be a document signed by King Alexander himself, explaining that Ronie's true mission was to be a Privateer and Commodore to counter the power of the neighboring kingdom, gather gold and silver from the Enemy King's ships to overthrow that tyrant.

William les contó que en la época de Ronie, él era considerado un malvado pirata que aterrorizaba la costa. Pero en el tesoro habría un documento firmado por el propio Rey Alejandro, que explicaba que la verdadera misión de Ronie era ser Corsario y Comodoro para contrarrestar el poder del reino vecino, reunir oro y plata de los barcos del Rey Enemigo para derrocar a ese tirano.

The Enemy King tarnished Ronie's reputation and managed to sink his ship before the mission was completed. Legend has it that Ronie, before dying, raised his fist and called for justice from heaven; 7 days later, a great lightning bolt struck the castle's roof and killed the evil King.

El Rey Enemigo manchó la reputación de Ronie y logró hundir su barco antes de que se completara la misión. Cuenta la leyenda que Ronie, antes de morir, levantó su puño y pidió justicia al cielo; 7 días después, un gran rayo golpeó el techo del castillo y mató al malvado Rey.

William promised to help them decipher the remaining clues and solve the riddles of the map.

William prometió ayudarlos a descifrar las pistas restantes y resolver los acertijos del mapa.

Although the final puzzle was extremely difficult, after several attempts, the children and the historian, working together, managed to solve it. They discovered the treasure's hiding place, located in a large cave on the coast, and entered it with great care and caution.

Aunque el rompecabezas final era extremadamente difícil, después de varios intentos, los niños y el historiador, trabajando juntos, lograron resolverlo. Descubrieron el escondite del tesoro, ubicado en una gran cueva en la costa, y entraron con mucho cuidado y precaución.

Behind a large stone, which they managed to move after several attempts, they found the pirates' loot - treasures beyond their dreams, filled with shiny gold, unimaginable jewels, and the document that explained and authenticated the story of Ronie "Pegleg" Torne, who was honored with a statue to remember him as a privateer and Commodore, not as a pirate.

Detrás de una gran piedra, que lograron mover después de varios intentos, encontraron el botín de los piratas: tesoros más allá de sus sueños, llenos de oro brillante, joyas inimaginables y el documento que explicaba y daba veracidad a la historia de Ronie "Pata de palo" Torne, a quien le hicieron una estatua para recordarlo como corsario y comodoro, no como pirata.

And finally, they all said,
"This riddle has been solved".

Y finalmente todos dijeron,
"Este acertijo ha sido resuelto".

The Creepy Residence on Mapple Street.
La Espeluznante Residencia en Mapple Street.

The small town hidden among the hills and the old, imposing house on Mapple Street had a common history that was known to the everyone in the area; it had always existed and many different people had lived there. However, the house had one feature that had always given people the creeps. Supposedly, it was haunted.

El pequeño pueblo escondido entre las colinas y la antigua e imponente casa en Mapple Street tenían una historia en común que era conocida por todos los habitantes de la zona; siempre había existido y muchas personas diferentes habían vivido allí. Sin embargo, la casa tenía una característica que siempre había dado escalofríos a la gente. Supuestamente, estaba embrujada.

One day, the young people of The Solves Riddles Club decided to investigate the old house. They were eager to discover the truth behind the legends told by the local elders. After considerable deliberation, they mustered all their courage to enter the mysterious house on Mapple Street.

Un día, los jóvenes del The Solves Riddles Club decidieron investigar la antigua casa. Estaban ansiosos por descubrir la verdad que se ocultaba tras las leyendas contadas por los ancianos locales. Después de muchas deliberaciones, reunieron toda su valentía para entrar en la misteriosa casa de la calle Mapple.

As they got closer to the house, they saw that the windows were boarded up and the entrance was locked. Nevertheless, they persevered. They gained entry through a window and began to explore the dark and dusty interior.

A medida que se acercaban a la casa, vieron que las ventanas estaban tapiadas y la entrada cerrada con llave. Sin embargo, perseveraron. Consiguieron entrar por una ventana y empezaron a explorar el oscuro y polvoriento interior.

The children were amazed at what they found inside. The furniture was antique and elegant, the walls were decorated with weird symbols and artwork. As they moved inside the house, they began to hear strange noises and whispers emanating from the shadows.

Los niños estaban asombrados de lo que encontraron dentro. Los muebles eran antiguos y elegantes, las paredes estaban decoradas con extraños símbolos y obras de arte. A medida que avanzaban dentro de la casa, comenzaron a escuchar ruidos extraños y susurros que emanaban de las sombras.

Suddenly, they heard a loud bang and saw a door close in front of them. They were trapped! They frantically searched for a way out, but all the doors and windows were locked. They were trapped in the haunted house on Mapple Street with no escape.

De repente, escucharon un fuerte golpe y vieron que una puerta se cerraba delante de ellos. ¡Estaban atrapados! Buscaron frenéticamente una salida, pero todas las puertas y ventanas estaban cerradas. Estaban atrapados en la casa embrujada de la calle Mapple sin escapatoria.

They heard footsteps approaching. They were so afraid that they huddled together, wondering who or what would come for them. To their surprise, the owner of the house was an old woman who had lived there for many years.

Oyeron pasos que se acercaban. Tenían tanto miedo que se acurrucaron juntos, preguntándose quién o qué vendría por ellos. Para su sorpresa, la dueña de la casa era una anciana que vivía allí desde hacía muchos años.

Not wanting anyone to get hurt, she had been trying to keep people away from the house. She told them that she had seen ghostly apparitions, heard unusual noises inside the house and that she thought the ghosts of the previous occupants were still present.

Como no quería que nadie saliera herido, había estado tratando de mantener a la gente alejada de la casa. Les conto que había visto apariciones fantasmales, que había escuchado ruidos inusuales dentro de la casa y que creía que los fantasmas de los ocupantes anteriores todavía seguían presentes.

The children, however, were adamant in deciphering the riddle. They decided to investigate the strange symbols and unusual drawings they had noticed inside the house. The markings revealed a hidden message directing them to a secret area...in the attic.

Los niños, sin embargo, se mostraron firmes en descifrar el acertijo. Decidieron investigar los extraños símbolos y dibujos inusuales que habían notado dentro de la casa. Las marcas revelaron un mensaje oculto que los dirigía a un área secreta... en el ático.

They discovered an old notebook behind an old piece of furniture embedded in the wall that belonged to the former owner of the house. Thanks to the clues in the diary, they were able to solve the mistery of the haunted house on Mapple Street. They discovered that a secret area in the basement, the houselord had kept a treasure with some spells guarding it and that this was causing the strange noises and apparitions.

Descubrieron un viejo cuaderno detrás de un viejo mueble incrustado en la pared que pertenecía al antiguo propietario de la casa. Gracias a las pistas del diario, pudieron resolver el misterio de la casa encantada en la calle Mapple Street. Descubrieron que un área secreta en el sótano, el señor había guardado un tesoro con algunos hechizos que lo custodiaban y que eso estaba causando los extraños ruidos y las apariciones.

With the the elderly woman's help, the young people were able to locate the hidden room, recover the riches and free the spirits. When the spirits disappeared, the Mapple Street Haunted House was no more haunted.

Con la ayuda de la anciana, los jóvenes pudieron localizar la habitación oculta, recuperar las riquezas y liberar a los espíritus. Cuando los espíritus desaparecieron, la Casa Embrujada de Maple Street dejó de estarlo.

The grandmother thanked them for helping her discover the treasure, says goodbye and also disappeared.

La abuela les dío las gracias por ayudarla a descubrir el tesoro, se despidió y también desapareció.

The children left the house feeling happy and victorious after deciphering the puzzle and helping the imprisoned souls find peace.

Los niños se marcharon de la casa sintiéndose felices y victoriosos después de descifrar el rompecabezas y ayudar a las almas encarceladas a encontrar la paz.

And finally, everyone said
"This riddle has been solved"

Y finalmente todos dijeron
"Este acertijo ha sido resuelto"

The Mystery of the Stolen Painting.
El Misterio de la Pintura Robada.

In the municipal museum of a small and quiet town, famous for its art galleries, there was a valuable painting that had been on display for many years. The painting was worth millions of dollars, so it was constantly monitored to ensure its safety.

En el museo municipal de un pequeño y tranquilo pueblo, famoso por sus galerías de arte, había un valioso cuadro que había estado expuesto a la vista de todos durante muchos años. El cuadro costaba millones de dólares, por lo que estaba constantemente vigilado para garantizar su seguridad.

But one night, the painting was taken from the museum! The police were contacted to investigate the case, but they couldn't uncover any information about who, or where it had been taken. Everyone was nervous and wondered who could have perpetrated such a horrible act while the community slept.

¡Pero una noche, la pintura fue sacada del museo! Se contactó a la policía para investigar el caso, pero no pudieron descubrir ninguna información sobre quién, o a donde se la habían llevado. Todos estaban nerviosos y se preguntaban quién podría haber perpetrado un acto tan horrible mientras la comunidad dormía.

A young detective, a member of The Solvers Riddles Club, passionate about solving mysteries, felt he had to get involved as soon as he heard about the missing painting. He began his own investigation independently of the crime, gathering information and following clues.

Un joven detective miembro de The Solvers Riddles Club apasionado por resolver misterios sintió que tenía que involucrarse tan pronto como se enteró de la pintura perdida. Comenzó su propia investigación de manera independiente sobre el crimen, reuniendo información y siguiendo las pistas.

The investigator soon realized that the stolen painting was not the first priceless work of art to disappear from the community. The investigator believed that all the cases were related, as there had been several previous robberies in the weeks prior that had not been reported in time by the community.

El investigador pronto se dio cuenta de que la pintura robada no era la primera obra de arte de valor incalculable que había desaparecido de la comunidad. El investigador creía que todos los casos estaban relacionados entre sí, ya que existían varios robos anteriores en las semanas previas y no habían sido denunciados a tiempo por la comunidad.

The investigator delved further and uncovered a maze of lies and betrayals. They discovered a group of art thieves and forgers, who stole paintings and sculptures from galleries and museums worldwide and were hiding them in the town. The thieves were masters at what they did and had avoided capture for years.

El investigador indagó un poco más y se encontró con un laberinto de mentiras y traiciones. Descubrieron un grupo de ladrones y falsificadores de arte, que robaban las pinturas y esculturas en galerías y museos de todo el mundo y las ocultaban en el pueblo. Los ladrones eran maestros en lo que hacían y habían evitado ser capturados durante años.

However, the detective remained undeterred. They tracked down the art thieves by following the trail of clues. To catch them in the act and retrieve the stolen property, they collaborated with the police.

Sin embargo, el detective no se inmutó. Localizaron a los ladrones de arte tras seguir el rastro de pistas. Para atraparlos en el acto y recuperar la propiedad robada, colaboraron con la policía.

The town breathed a sigh of relief when the stolen painting from the museum was found intact. The investigator was praised for solving the case and apprehending the thieves.

El pueblo exhaló aliviado cuando la pintura robada del museo fue encontrada intacta. El investigador fue elogiado por resolver el caso y detener a los ladrones.

And finally, they all said,
"This riddle has been solved".

Y finalmente todos dijeron,
"Este acertijo ha sido resuelto".

The Secret of the Locked Room.
El Secreto de la Habitación Cerrada.

The winding path meandered between a majestic hill and a dense cherry blossom forest. Behind the bushes, an imposing, uninhabited mansion, part of a large estate, was revealed.

El sendero serpenteaba entre una majestuosa colina y un denso bosque de cerezos. Tras los arbustos, se revelaba una imponente mansión deshabitada, parte de una gran hacienda.

Although the old house was hidden away from the sight of strangers, it was already known to several curious onlookers.

La antigua casa aunque estaba escondida a un lado del camino, fuera de la vista de los extraños, era ya conocida por varios curiosos.

But the real mystery was a grand, elegant, golden door locked despite the cobwebs and dust, standing out prominently. Nobody had lived in the house since the old owner passed away, and nobody knew why it was sealed shut.

Pero el verdadero misterio era una gran puerta elegante y dorada cerrada con llave, a pesar de las telarañas y el polvo era muy llamativa. Nadie había vivido en la casa desde que falleció el antiguo propietario, y nadie sabía por qué estaba cerrada.

The enigma of the door remained unanswered; the current owner, an eccentric millionaire, had no interest in opening it.

El enigma de la puerta seguía sin respuesta; el propietario actual, un millonario excéntrico, no tenía ningún interés en abrirla.

Until our young protagonist, an investigator and member of The Solvers Riddles Club, stumbled upon the mansion while taking a rural stroll, having heard the rumors and decided to investigate the door himself.

Hasta que nuestro joven protagonista, un investigador miembro del The Solvers Riddles Club, encontró la mansión mientras daba un paseo rural, había escuchado los rumores y decidió entrar para revisar la puerta el mismo.

The detective made the decision to investigate, he began to search for clues, talked to the neighbors, and the owner about the house's history; piecing together this mystery bit by bit.

El detective tomó la decisión de investigar, comenzó a buscar pistas, habló con los vecinos y con el dueño sobre la historia de la casa; resolviendo este misterio pieza por pieza.

It turned out that the former owner of the house had been a collector of expensive and unusual items. He bought and sold objects from all over the world and amassed a great fortune. But along the way, he had also made several enemies.

Resulta que el antiguo dueño de la casa había sido un coleccionista de objetos caros e inusuales. Compró y vendió objetos de todo el mundo y amasó una gran fortuna. Pero en el camino, también se había ganado varios enemigos.

The previous owner had kept his most valuable possessions in the chamber. Rumor had it that a rare treasure was hidden there and the room had been locked to protect it from thieves.

El anterior propietario había guardado sus posesiones más valiosas en la cámara. Corría el rumor de que allí se escondía un raro tesoro y que la habitación se había cerrado con llave para protegerla de los ladrones.

The young investigator set out to decipher the mystery. The door was sturdy and impossible to force or open, despite his best efforts. He searched for a way in, looked for a key, but found none.

El joven investigador se propuso descifrar el enigma. La puerta era robusta e imposible de forzar o abrir, a pesar de sus mejores esfuerzos. Buscó una forma de entrar, buscó una llave, pero no la encontró por ninguna parte.

The investigator noticed something strange on the floor next to the chamber as he contemplated his next move. The carpet seemed to hide a secret trapdoor underneath.

El investigador notó algo extraño en el suelo, junto a la cámara mientras pensaba en su siguiente paso. La alfombra parecía tener escondida una trampilla secreta debajo.

Indeed, lifting the carpet revealed the trapdoor. He opened it with utmost caution, revealing a dark and dusty corridor. Carefully, he slid into the hallway; it seemingly led to the locked room.

Efectivamente, al levantar la alfombra se develó la trampilla. La abrió con suma precaución, daba a un pasillo oscuro y polvoriento, con cuidado se deslizó en el pasillo; al parecer conducía a la habitación cerrada.

Inside the chamber, the young member discovered a treasure trove of unique and irreplaceable objects, including an invaluable jewel that had been the cause of the previous owner's death. Additionally, they found a letter in which the former owner expressed his suspicions that he was being targeted for murder with an untraceable poison. Apparently, the previous owner's death was not an accident as believed, but a well-planned murder.

En el interior de la cámara, el joven miembro descubrió un tesoro de objetos únicos e irreemplazables, entre ellos una joya de valor incalculable que había sido el motivo de la muerte del propietario anterior. Además, descubrieron una carta en la que el antiguo propietario expresaba sus sospechas de que lo querían asesinar con un veneno que no se podía rastrear. Al parecer la muerte del dueño anterior no fue un accidente como se creía, sino un asesinato bien planeado.

The detective used the gathered information to unravel the mystery of the locked chamber and apprehend the murderer. The riches in the sealed room were no longer a secret, and the mansion was no longer shrouded in mystery.

El detective utilizó la información reunida para desentrañar el enigma de la cámara cerrada y detener al asesino. Las riquezas en la habitación cerrada ya no eran un secreto, y la mansión ya no estaba envuelta en un misterio.

And finally, they all said,
"This riddle has been solved".

Y finalmente todos dijeron,
"Este acertijo ha sido resuelto".

The Phantom of the School Play.
El Fantasma de la Obra de Teatro Escolar.

The young ones were getting ready for the play that marked the end of the school year. They rehearsed their lines and polished their performances, excitement was evident.

Los jóvenes se preparaban para la obra que daba cierre al año escolar. Ellos practicaban sus líneas y pulían sus actuaciones, la emoción era evidente.

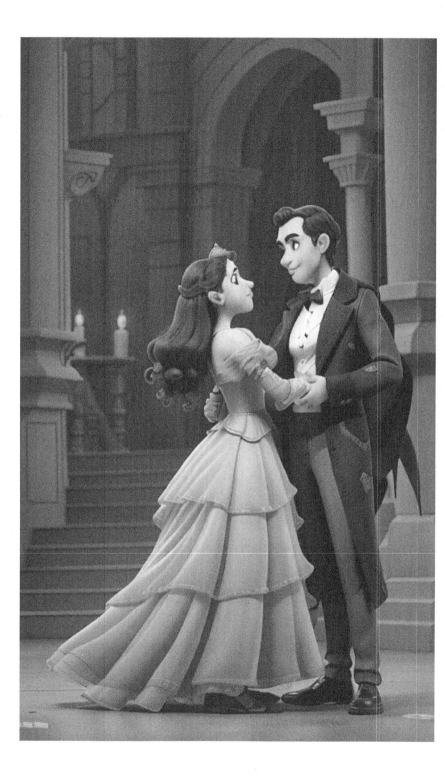

But in the weeks leading up to the big show, strange things started happening. Costumes tore, props disappeared, and other students claimed to have seen a shadowy figure.

Pero en las semanas previas al gran espectáculo, empezaron a ocurrir cosas extrañas. Los disfraces se rasgaron, los accesorios desaparecieron y otros alumnos afirmaron haber visto una figura sombría.

The play is based on an old script discovered during the theater's renovation the previous year; the students believe that the performance invoked the ghost of the original writer, who died on the opening night of the play, as stated on the first page of the manuscript.

La obra se basa en un guión antiguo descubierto en la remodelación del teatro el año anterior; los estudiantes creen que la representación invocó al fantasma del escritor original, que murió en el estreno de la obra, como decía en la primera hoja del manuscrito.

And our young protagonist, an aspiring detective with a special knack for solving cases, a member of The Solvers Riddles Club, as soon as he heard about the ghost, organized the investigation. He began by conducting interviews with the actors and searching for clues.

Y nuestro joven protagonista, un aspirante a detective con una habilidad especial para resolver casos, miembro del The Solvers Riddles Club, tan pronto como se enteró del fantasma, organizó la investigación. Comenzó realizando entrevistas con los actores y buscando pistas.

After analyzing it, the detective was almost certain that it was a person who had done all this. So, he decided to set a trap, a bucket with glue and a bag of chicken feathers that would end up falling on the supposed ghost; who was actually a student who had not been considered in the play, he was no ghost at all!

Después de analizarlo, el detective estaba casi seguro que era una persona la que había hecho todo esto. así que decidió tenderle una trampa, un balde con pegamento y una bolsa de plumas de pollo que terminaría cayendo sobre el supuesto fantasma; que en realidad era un estudiante al que no habían tenido en cuenta en la obra, ¡no era ningún fantasma!

The theater teacher's help was crucial as he taught them how to set the trap in the right place to catch him.

La ayuda del profesor de teatro fue importante, ya que les enseñó a poner la trampa en el lugar adecuado para atraparlo.

The school play went off without a hitch, the students were delighted with that beautiful moment, and our friend, the young investigator, was praised for deciphering the ghost's riddle and solving this mystery.

La obra escolar transcurrió sin contratiempos, los alumnos quedaron encantados con ese hermoso momento y nuestro amigo, el joven investigador, fue elogiado por descifrar el acertijo del fantasma y resolver este misterio.

And finally, they all said,
"This riddle has been solved".

Y finalmente todos dijeron
"Este acertijo ha sido resuelto".

The Puzzle of the Lost Key.
El Rompecabezas de la Llave Perdida.

The modest antique shop run by Mrs. Thompson, an older woman, was located in a charming little town. Over the years, Mrs. Thompson had accumulated a collection of rare and invaluable items from around the world while running the store.

La modesta tienda de antigüedades dirigida por la Señora Thompson, una mujer mayor, estaba ubicada en un pueblito encantador. A lo largo de los años, la Señora Thompson mientras administraba la tienda, había acumulado una colección de artículos raros e invaluables de todo el mundo.

One day, Mrs. Thompson noticed that the key to her most precious possession was missing. This key was used to open a beautiful old chest that had never been opened. The key was nowhere to be found, despite her efforts.

Un día La Señora Thompson notó que la llave de su posesión más preciada no estaba, esta servía para abrir un hermoso baúl antiguo que nunca había sido abierto. La llave no aparecía por ningún lado, a pesar de sus esfuerzos.

Our main character is a bright, perceptive, and puzzle-loving young member of The Solvers Riddles Club. The young person offered to help Mrs. Thompson find the lost key and solve the mystery; Mrs. Thompson warmly accepted their assistance.

Un joven brillante, perceptivo y amante de los rompecabezas miembro del The Solvers Riddles Club es nuestro personaje principal. El joven se ofreció a ayudar a la Señora Thompson a encontrar la llave perdida y resolver el misterio; la Señora Thompson aceptó calurosamente su ayuda.

First, they investigated the business for clues. The young person searched every corner of the store for anything that might lead to the lost key.

Primero investigó en el negocio en busca de pistas. El joven buscó en todos los rincones de la tienda algo que pudiera conducir a la llave perdida.

They discovered that there were other precious items in the store, besides the antique chest. A costly piece of jewelry and a rare book were among the other treasures.

Descubrió que había otros artículos preciosos en la tienda, además del cofre antiguo. Una costosa pieza de joyería y un libro raro se encontraban entre los otros tesoros.

Some of the items had been rearranged, indicating that the collection had been tampered with. They began to worry that the key might have been taken and that the thief might be after one of the invaluable possessions.

Algunos de los objetos habían sido reorganizados, lo que indicaba que la colección había sido alterada. Empezaron a preocuparse de que se hubieran llevado la llave y de que el ladrón estuviera persiguiendo una de las posesiones invaluables.

The young person pieced together the puzzle and concluded that the thief was someone close to Mrs. Thompson.

El joven encajó las piezas del rompecabezas y concluyeron que el ladrón era una persona cercana a la Señora Thompson.

They confronted the suspect; he confessed to the crime and gave a statement describing how he had fallen on hard times and needed the money from selling the costly item.

Enfrentaron al sospechoso; el admitió el delito y dio una declaración en la que describía cómo había atravesado tiempos difíciles y necesitaba el dinero de la venta del costoso artículo.

The betrayal surprised and saddened Mrs. Thompson, but she thanked our young detective for finding the lost key and stopping any further theft.

La traición sorprendió y entristeció a la Señora Thompson, pero le agradeció a nuestro joven detective por haber encontrado la llave extraviada y detener cualquier robo adicional.

After uncovering the key, they opened the chest and inside found a precious relic from the 10th century.

Tras descubrir la llave, abrieron el cofre y en su interior encontraron una preciosa reliquia del siglo X.

And finally, they all said,
"This riddle has been solved".

Y finalmente todos dijeron
"Este acertijo ha sido resuelto".

The Myth of the Haunted Woods.
El Mito de los Bosques Embrujados.

In a small village, it was said that the nearby forest was haunted.

En un pequeño pueblo, se decía que el bosque cercano estaba embrujado.

A group of brave young members of The Solvers Riddles Club ventured into the forest one day, defying the warnings of the villagers, to investigate the haunted forest myth for themselves.

Un grupo de jóvenes intrépidos miembros del The Solvers Riddles Club, entraron un día en el bosque desafiando las advertencias de los aldeanos, para revisar por ellos mismos el mito del bosque embrujado.

They ventured deeper and deeper into the thicket until they reached an old cabin that had been abandoned for a long time, it was dilapidated and covered in vines.

Se adentraron cada vez más en la espesura hasta que llegaron a una vieja cabaña que había sido abandonada hace mucho tiempo, estaba deteriorada y cubierta de enredaderas.

The children noticed a strange sound in the forest as they explored the cabin. A ghost suddenly appeared before them and began to murmur. With great fear, the children fled back to the village as fast as they could.

Los niños notaron un sonido extraño en el bosque mientras exploraban la cabaña. Un fantasma se presentó repentinamente frente a ellos y empezó a murmurar. Con mucho miedo los niños huyeron de vuelta al pueblo, tan rápido como pudieron.

The next day, the children spoke with the elders of the village; apparently, the spirit was the ghost of a young woman who died many years ago. The legend said she had been accused of theft, and although innocent, the villagers had banished her to the forest, where she met a tragic end.

Al día siguiente, los niños hablaron con los ancianos del pueblo; Al parecer el espíritu era el fantasma de una joven que murió hace muchos años. La leyenda decía que había sido acusada de robar y, aunque era inocente, los aldeanos la habían desterrado al bosque, donde había tenido un trágico final.

The young people set out to anticipate the ghostly appearance, summoning the village elders so they could amend the mistake they had made with her.

Los jóvenes se propusieron anticiparse a la aparición fantasmal, convocaron a los ancianos del pueblo para que pudieran enmendar el error que habían cometido con ella.

The elders resisted at first, but eventually agreed to the children's request. They expressed regret for the girl and promised to correct their mistake.

Los ancianos se resistieron al principio, pero finalmente accedieron a la petición de los niños. Expresaron su pesar por la niña y prometieron corregir su error.

The young people returned to the forest with the elders, gathering beside the cabin as darkness fell.

Los jóvenes regresaron al bosque con los ancianos, se reunieron junto a la cabaña mientras oscurecía.

As darkness fell, an intense cold chilled their bones, a powerful wind shook the treetops, and suddenly the ghost appeared with loud roars expressing its distress and frustration.

Ya oscuro, un frío intenso les calaba los huesos, un viento poderoso agitaba las copas de los árboles y de repente el fantasma se hizo presente con fuertes rugidos que mostraban su malestar y frustración.

The elders, one by one, apologized to the ghost on behalf of their ancestors; the ghostly apparition began to calm down, the strong wind turned into a gentle breeze, the extreme cold turned into warmth, and the roar turned into a soft laugh.

Los ancianos, uno por uno le pidieron perdón al fantasma en nombre de sus antepasados, la aparición fantasmal comenzó a mostrarse tranquila, el fuerte viento se convirtió en una suave brisa, el frío extremo se convirtió en calidez y el rugido se convirtió en una risa suave.

A bright light appeared in the middle of the forest, the presence began to fade away slowly as it entered the light, finally finding peace.

Una gran luz apareció en medio del bosque, la presencia empezó a desvanecerse poco a poco mientras entraba en la luz, encontrando finalmente la paz.

The haunted forest tale found its conclusion in this way; the locals thanked the young people for their bravery and for unraveling the haunted forest's mystery, the children were hailed as heroes.

El cuento del bosque embrujado encontró su final de esta manera, los lugareños agradecieron a los jóvenes por su valentía y por desentrañar el enigma del bosque embrujado, los niños fueron aclamados como héroes.

And finally, everyone said,
"This riddle has been solved".

Y finalmente todos dijeron
"Este acertijo ha sido resuelto".

Queridos amigos y amigas,

Mil gracias por elegir nuestro libro bilingüe para niños. ¡Estamos emocionados de que formes parte de esta aventura educativa y divertida!

Esperamos que el libro lleve consigo momentos de risas, aprendizaje y descubrimiento para los pequeños lectores. La idea de fomentar el amor por la lectura y el aprendizaje de nuevos idiomas nos llena de alegría.

Nos encantaría saber qué piensas sobre la historia, los personajes y la experiencia en general. Tu opinión es invaluable para nosotros y para otros padres que están considerando este libro para sus hijos. ¿Podrías tomarte un momento para dejarnos una reseña en el siguiente enlace?

Tu feedback nos ayuda a mejorar y a seguir creando contenido que inspire y eduque. ¡Agradecemos tu apoyo y esperamos que disfrutes del libro tanto como nosotros disfrutamos creándolo!

Si te ha encantado esta historia, te invitamos a explorar más títulos emocionantes y educativos en nuestra página de autor. Descubre un mundo de posibilidades para el aprendizaje de idiomas y la diversión en cada página.

Visita el siguiente enlace para explorar nuestra colección completa de libros bilingües para niños. Desde cuentos cautivadores hasta divertidos libros de actividades, estamos comprometidos a ofrecer experiencias enriquecedoras que inspirarán a los pequeños lectores.

Gracias nuevamente por ser parte de nuestra comunidad. ¡Esperamos que encuentres más historias maravillosas que enriquezcan el amor por la lectura y los idiomas!

¡Gracias por acompañarnos en esta emocionante aventura bilingüe!

Con gratitud,
Editorial Bluecastle.

Made in the USA
Las Vegas, NV
26 November 2024

12694723R00049